COLLECTION PAGE BLANCHE

Chris Donner

TROIS MINUTES DE SOLEIL EN PLUS

GALLIMARD

Je n'ai pas peur des filles.

Je vais m'asseoir au fond de la classe et je fais des dessins d'enfant pendant que maman fait la maîtresse avec sa grammaire et ses dictées. Les filles m'ont regardé entrer mais très vite elles ne s'occupent plus de moi, elles ont leurs fautes, leurs cahiers, leurs taille-crayons, leurs stylos à bille avec des fuites, elles copient sur leur voisine. Certaines années, maman a quarante filles dans sa classe. Du point de vue de l'Éducation nationale quarante filles est un chiffre scandaleux, mais pour moi, quarante filles ne me font pas peur. Je les vois de dos, quarante chevelures. Je compte les queues de cheval, les tresses, les couettes, les élastiques, les barrettes. Je compte les brunes, les blondes, les rousses très rares. Je fais des statistiques.

Une fille commence par les cheveux, même si un garçon a les cheveux très longs ce n'est pas une fille, c'est l'ondulation qui compte, pas la longueur.

A la fin de la leçon, les filles viennent regarder mes dessins d'enfant. Elles font des commentaires qui agacent sensiblement ma mère, elles m'encouragent : il paraît que mes couleurs sont très bien mélangées pour mon âge. Elles se bousculent un peu autour de moi, elles commencent à s'énerver, à se pencher un peu trop, leurs mèches de cheveux viennent frôler ma joue, mon cou, je sens leur électricité. C'est une chose que l'on ne trouve que dans les cheveux des filles, l'électricité. Elles proposent ensuite de m'emmener dans la cour avec elles ; j'en suis capable, j'ai pas peur, mais maman dit non du haut de son estrade et c'est fini : la classe se vide, elles prennent leur manteau dans le couloir et je ne les entends plus.

C'est une fois ou deux par an que je vais dans la classe de maman. Quand mon instituteur est malade ou quand il y a des élections et qu'il faut désinfecter l'école des garçons. Quand mon père meurt je reste une semaine entière dans la classe de maman, maman ne veut plus me quitter des yeux. Les filles sont alors très gentilles, c'est vrai. Pourtant, même si elles sont très gentilles je n'ai pas peur des filles.

Je sors de l'école à quatre heures et demie et je

ne traîne pas. Les bonbons sont mauvais pour les dents. A cinq heures moins vingt je suis à la maison. C'est un grand pavillon avec un jardin. La clé est dans le pot de fleurs.

Maman arrive vers cinq heures et demie, des fois plus tard. On ne parle jamais de l'école puisqu'elle sait tout. Elle a connaissance de mes notes avant moi, elle reçoit mon carnet directement, elle le signe et le rend elle-même à ma maîtresse. Ma scolarité est suivie de très près par les instances supérieures de l'école. Je suis ni bon ni mauvais élève, je suis premier de la classe parce que c'est la place qui me revient, c'est d'accord entre nous. Il est certain que j'irai jusqu'au bout de mes études, maman le dit à mon grand-père quand le vieux s'inquiète de ne pas savoir mes projets.

— Astronaute ? dit-il. Pilote de course ? Pompier ?

— Non, rien. Je ne sais pas.

— Laisse-le tranquille, dit maman, Sylvain ira au bout de ses études, après on verra.

— Bien sûr jusqu'au bout, mais j'aurais voulu savoir quoi avant de mourir.

Mon grand-père se mord les lèvres à chaque fois qu'il parle de sa mort. Il ne faut pas parler de la mort devant moi, il le sait, mais c'est plus fort que lui.

Le bout des études je vois ça comme le bout

du monde, un truc où on est vraiment seul. Je ne suis pas pressé.

Le pavillon est trop grand pour nous. Maman cherche à louer les deux chambres du haut à des étudiants. Ils viennent vers sept heures, elle les reçoit toujours dans le bureau de mon père. Ils ressortent toujours au bout de dix minutes et je ne les revois jamais. Celui-ci est trop sale, l'autre tousse bizarrement, mais surtout ils n'ont pas l'air honnête. C'est l'air honnête qui est difficile à trouver chez les étudiants. Nous restons donc seuls avec le gaz, l'électricité et l'entretien du jardin ; on a tout sur les bras et bientôt on ne pourra plus s'en sortir. En attendant, on se répartit les tâches, maman fait le dîner et je débarrasse la table, elle fait la vaisselle et je balaye le couloir.

On n'a pas la télé, c'est d'accord entre nous là aussi. On va s'asseoir dans les fauteuils du salon pour écouter la musique. Elle est d'accord pour *Pierre et le Loup*, plus tard pour l'Anne Sylvestre, l'année prochaine j'adore Georges Brassens. Ce soir, j'adore Vivaldi.

Dès que je mets le disque de Vivaldi, maman ferme les yeux, relâche ses épaules, laisse doucement rouler sa tête sur le dossier de son fauteuil. Elle se repose. Le saphir suit les sillons du printemps, maman respire entre les saisons, les années passent. Je n'ai pas peur des filles. J'ai dix ans.

J'ai dix ans mais c'est en deux parties : sept et trois. J'ai sept ans comme tout le monde et trois ans depuis la mort de mon père. Ça revient au même, sept et trois font dix.

Vivaldi me fait frissonner. Il me prend une fierté sur les violons, je suis fier d'être là, debout derrière le fauteuil de maman. Je fais des gestes comme si les violons sont à moi. Je suis Vivaldi.

J'éteins l'électrophone. C'est un vieux pick-up qui chauffe très vite et laisse échapper des odeurs de plastique fondu au bout de trois ou quatre faces. Je range le disque dans sa pochette et la soirée est finie.

Demain on se lève très tôt car je pars en classe de neige avec maman et ses quarante filles. Cette année les filles ont mon âge, maman le répète souvent, elle trouve que c'est impressionnant d'avoir un fils de dix ans.

— Ça ne va pas te faire peur, Sylvain, de te retrouver au milieu de toutes ces filles ?

— Non.

Je devine à sa façon de sourire et de m'embrasser qu'elle ne me croit pas. Elle me prend dans ses bras pour me rassurer. Et merde à la fin, pourquoi est-ce que je devrais avoir peur des filles ? Déjà, les mecs de ma classe ont essayé de me filer les chocottes, ils ont dit qu'au bout d'un mois de classe de neige je serai devenu une fille. Ils ont imité des voix de filles, ils ont fait des manières avec leur cul et leur petit doigt. J'aurais bien voulu leur casser la gueule mais, comme d'habitude, Philippe est arrivé pour me défendre. Il les a traités de jaloux et même de jalouses. Philippe est mon protecteur, champion de judo. Je suis son orphelin préféré. Il aime bien Oliver Twist et Huckleberry Finn, mais je suis le meilleur dans sa panoplie. Il voudrait bien que son père soit mort ou sa mère, l'un ou l'autre, pas les deux en même temps à cause de l'Assistance publique. Quand il me dit ça j'ouvre de grands yeux et je le traite de complètement fou. C'est Philippe qui m'a prêté les *Aventures d'Huckleberry Finn.* Maman est d'accord pour que je lise ça, bien que ce petit Amerloque ne soit pas un très bon exemple de sagesse.

On dit tellement que je suis sage. Je baisse les yeux chaque fois. Je crois que je ne suis pas du tout sage mais que c'est un secret. Je ne suis même pas gentil. J'ai plein de méchancetés en réserve, le malentendu c'est que je ne les dis pas, je les prépare.

Comme je fais mon lit je me couche, c'est d'accord avec maman depuis déjà longtemps. Je me couche et des fois je ne dors pas. Je reste allongé sur le dos, les jambes un peu pliées, un peu écartées. Je passe le drap par-dessus ma tête et ça me fait comme un igloo ou comme une chapelle blanche. La chapelle blanche c'est en Bretagne, dans les lits clos, quand un enfant est mort on tend des draps blancs et on place l'enfant à l'intérieur. Je l'ai lu dans un livre qui n'était pas spécialement pour les enfants. Aujourd'hui on ne fait plus de chapelle blanche car il n'y a plus de lits clos. Je trouve ça dommage.

Quand ma respiration a suffisamment réchauffé l'intérieur de mes draps je déboutonne mon pyjama. La veste d'abord, en commençant par le haut, puis le pantalon que je fais glisser jusqu'aux genoux. Je reste un moment comme ça, sans rien faire. Après je me caresse. Ma peau est surtout sensible du côté de l'aine et de la hanche. Effleurer c'est un mot que j'aime, c'est ce que je fais. Je m'effleure du bout des doigts. Comme je fais ça souvent, mes doigts ont l'habitude, ils savent, ils deviennent légers, pétales, plumes, lents comme il faut, ils inventent d'eux-mêmes leurs circuits préférés sur mon ventre et à certain moment je ne les contrôle plus. Ce n'est pas une chatouille, pas non plus une caresse, c'est quelque chose que je n'ai pas encore trouvé dans le dictionnaire mais dont les effets se propagent dans tout mon corps.

J'ai des doigts d'une précision microscopique, ils longent mes flancs, redescendent, contournent l'os de la hanche, suivent les pliures de l'aine et puis s'enfoncent plus bas, vers l'intérieur des cuisses. Quand ils arrivent à bout de bras ils remontent, ils passent sur mon sexe, très peu, ne font que passer et reviennent aux alentours du nombril, dans les creux du basventre, d'un côté, de l'autre. C'est interminable. Je me caresse longtemps, jusqu'à ce que je tremble. Jusqu'à ce que le plaisir me pique les yeux.

Ce n'est même pas le matin, c'est bien avant les chiens et les poubelles. Maman crie au bas de l'escalier, elle secoue la rampe pour me réveiller.

Mon sommeil est trop lourd, lourd à soulever. Je devine le froid glacial de la chambre par le bout de mon nez, je ressens l'injustice de nos économies de chauffage, je pense aux galibots de Germinal qui poussaient les berlines de charbon au fond de la mine, et les petits tambours de Napoléon qui avançaient sous la mitraille. Il faudrait faire une Révolution des enfants qui vengerait les siècles de saloperies qu'on a subies.

Sylvain. Je chuchote mon prénom dans les creux de mon oreiller. Sylvain. Sylvain. Je le répète doucement pour moi-même. Mon prénom me donne du courage, et ce qui m'en donne encore plus c'est quand je dis mon nom en entier, Sylvain Mocquère. Alors là je suis invincible, je suis déjà debout, prêt à subir tous les supplices du lavabo, l'émail glacé sur mon ventre, l'eau froide, le dentifrice au menthol infect, le savon dans les yeux. Sylvain Mocquère est une formule magique qui m'ouvre un puits d'où je peux tirer des quantités de courage formidables. C'est un phénomène qui demanderait peut-être une enquête publique, mais je préfère garder ça sous silence pour l'instant : il est possible que mon nom soit la résurgence d'une légende oubliée, c'est peut-être un hasard et peut-être pas. J'ai l'idée que mon père doit jouer un rôle dans cette affaire, sans trop savoir comment, mais je suis sûr qu'un soir mon père m'apparaîtra, ici, dans la chambre, peut-être même sous mes draps, dans la chapelle blanche, ou alors de l'autre côté du miroir, peu importe, il m'expliquera le mystère de mon nom, Sylvain Mocquère, ce nom qui me donne tant de force.

En attendant je me lave à l'eau froide pour continuer les économies de maman. D'ailleurs, je décide que ce sera tous les matins à l'eau froide car je veux que mon courage devienne une habitude.

Je fais saigner mes gencives avec la brosse à dents. Je crache dans le lavabo un mélange de dentifrice et de sang. Je crache comme un vaurien en faisant des grimaces devant la glace. Je tire mes paupières et je les retourne. Je réussis à me faire peur.

On n'a pas de femme de ménage, maman ne veut pas ; comme on fait son lit on se couche dit-elle, et je suis d'accord. Je plie donc mes couvertures moi-même et je les range dans l'armoire. Ensuite je tire les draps que je descendrai à la cave dans le panier à linge.

Ma chambre est rangée maintenant, trop bien. Il n'y a plus rien qui dépasse. C'est désagréable à voir, surtout à cause du matelas, sa toile à rayures dont on fait les forçats. Ma chambre ressemble à un cachot.

Maman conseille de bien profiter du petit déjeuner car la journée sera longue.

C'est assez maintenant, je ne peux pas en avaler plus. Elle passe l'éponge sur la toile cirée, elle efface mes traces de chocolat, mes gouttes de confiture. Elle rassemble les miettes de mes tartines au bord de la table et les fait rouler dans le creux de sa main. J'aime la voir faire : poser l'éponge sur la tablette du radiateur, ouvrir la fenêtre, jeter les miettes aux oiseaux, refermer la fenêtre, retourner à l'évier pour rincer l'éponge. Quand l'évier est propre elle décroche le gant de toilette qui est suspendu à un clou juste au-dessus. Je sais ce qu'elle va faire. Elle le fait toujours. Je l'attends. Elle glisse sa main à l'intérieur du gant. Elle dit : « Regarde le petit lapin », et hop ! elle se met à me frotter la figure avec le gant. « Hum ! la bonne confiture », dit-elle en prenant sa voix de lapin.

Nous n'avons pas de femme de ménage car nous sommes presque pauvres, mais c'est aussi une question d'intimité, de tendresse, une femme de ménage ne peut pas inventer ça, ces gestes avec l'éponge, les miettes aux oiseaux, le coup du lapin, et puis cette façon de m'asphyxier à l'eau froide... cette façon un peu sadique de faire ça pour mon bien. Une femme de ménage ne saurait pas.

Je crois que je serais perdu sans ce petit rituel délicieux de chaque matin, et pourtant, je sens que bientôt je serai trop grand garçon pour me laisser toiletter ainsi. Je trouve déjà que sa marionnette ne ressemble plus beaucoup à un lapin. Il est même probable qu'à notre retour de classe de neige, cette habitude aura disparu. Nous la jouons pour la dernière fois, c'est un pressentiment.

L'eau, le gaz, l'électricité, maman coupe tout derrière nous. Elle vérifie les volets et arrête la pendule du salon. Elle jette la clé dans le pot, ce qui me fait mal aux dents, et puis elle cache le pot sous les feuilles mortes.

Il est six heures. C'est le point le plus froid de la nuit, le plus silencieux. Il y a tellement de silence que ça bat dans les oreilles et qu'on ne s'entend pas marcher.

Le bitume est luisant, on dirait que l'avenue du général Leclerc attend le prochain passage des chars. Nous portons chacun une valise et un sac, et nous marchons en compagnie de nos ombres, nos ombres s'étirent sur le sol, nos ombres se rétrécissent, se croisent d'un lampadaire à l'autre. Nos ombres sont terribles. Elles transforment nos corps en géants ou en nains, en monstres variables, échappés d'une walkyrie vicieuse. Est-il possible que maman et moi soyons projetés sur le sol d'une façon aussi bizarre et sale ? Nous sommes tellement purs, la mère et l'enfant, nos pensées n'auraient jamais pu imaginer ces chevauchements dégueulasses. Ces ombres-là sont le contraire de nous. Je décide de marcher dessus comme si elles n'existaient pas.

La valise commence à me peser lourd et le froid commence à me faire mal aux mains.

Sylvain, Sylvain. Je m'appelle à nouveau et mon courage arrive, là, voilà, il revient à l'intérieur de ma bouche, il fait son miel, il coule, doucement, descend vers mes douleurs, vers mon bras qui porte la valise, vers mes doigts qui ont froid. J'admire mon courage, son goût délicieux, sa force et cette élégance de rester toujours secret, ne rien montrer à personne et s'évanouir quand l'épreuve est finie. Quel beau courage.

Le car est stationné devant la mairie, le chauffeur nous attend, debout sur son marchepied, une main accrochée à la rampe. Il compte les minutes qui vont le mettre en retard sur sa moyenne. Il vient prendre nos valises pour les mettre dans la soute. Il me regarde, il ne sait pas si je suis une fille ou un garçon. Il n'a pas l'air de bien comprendre la situation. On ne lui en demande pas tant. Il ferme la soute à bagages en la faisant claquer très fort.

Toutes les filles de la classe sont déjà dans le car, assises, le nez au carreau. Elles nous regardent. Surtout moi je crois.

Les mères sont sur le trottoir. Elles se rongent les ongles à cause des avalanches et des accidents d'autocar. Elles ont chacune une ou deux recommandations très précises à faire. Maman les écoute ; elle est très attentive au sujet des piqûres qu'il faudra faire à la petite Cécile qui est diabétique. Les autres n'ont que des problèmes d'hygiène bourgeoise et maman leur répond à peine.

— Si votre fille est propre, tout ira bien.

— Ça ne sera pas un trouble pour la scolarité d'Aniècе ?

— Le départ est à six heures trente, madame, pressons-nous un peu.

— Je disais ça surtout par rapport aux mathématiques.

— Étude le matin et ski l'après-midi, méthode anglaise, Oxford et Cambridge ne font pas autrement... Elle vous écrira, bien entendu, c'est obligatoire, madame. Elle écrira, faites-moi confiance. Il n'y aura pas une seule jambe cassée, nous avons le meilleur moniteur de Savoie, et la neige est très bonne cette année. Février c'est le mois idéal. On embarque, c'est fini. En route chauffeur.

Le chauffeur voudrait aider maman à monter dans son autocar. De quoi je me mêle ? Maman ne se laisse pas prendre le bras. Elle monte toute seule et le chahut, tout à coup, cesse comme sous l'effet d'une apparition divine. Je reconnais le silence, c'est le même que dans sa classe. On pourrait dire que le silence règne, mais c'est maman qui règne. Le silence n'est que l'état d'obéissance dans lequel la maîtresse a réduit ses filles.

— Bonjour mesdemoiselles, dit-elle. Asseyez-vous. Je vous présente Sylvain Mocquère.

Elle s'écarte afin que toutes les filles me voient. Elle vient de dire mon nom en entier, ça me fait bizarre. Elle l'a dit en articulant comme si c'était un nom difficile à dire, un nom à coucher dehors. Sylvain Mocquère, dit-elle, on dirait presque que je ne suis pas son fils.

Les quarante regards sont braqués sur moi, je n'ai toujours pas peur des filles. Ni leurs couleurs d'anorak, ni leurs ongles peints, elles ne me font pas peur. Je frissonne d'autre chose. Une seule. Celle qui est là... Je suis amoureux du côté de la fenêtre, au troisième rang. Je n'ai pas peur des filles, j'ai peur si elle ne m'aimait pas, si elle ne me regardait plus, si elle ne me laissait pas une place libre à côté d'elle, dans le car, dans la classe, à la cantine, partout, j'ai peur si je ne suis pas assis à côté d'elle, si je suis loin de ses cheveux, de son parfum, de sa voix, j'ai peur le dimanche matin si la messe nous sépare, j'ai peur de la laisser dormir au milieu des autres filles ; je me réveille déjà la nuit avec le cauchemar qu'elles sont en train de lui crever les yeux par jalousie. J'ai peur qu'elle tombe à ski sans mon secours, sans avoir pu lui montrer mon courage.

Elle s'appelle Sylvie. Et quand maman annonce mon nom à toute la classe je vois les yeux de Sylvie s'agrandir, et briller. Je vois tout son corps qui se met à résonner sous les cloches formidables du mariage que font nos deux prénoms l'un contre l'autre, Sylvie, Sylvain.

Il paraît que certaines amours ne se rencontrent jamais.

C'est la première fois que je voyage à l'avant d'un autocar. Le siège est trop grand pour moi et mes jambes se balancent dans le vide sans moyen de les retenir ; je suis suspendu devant le pare-brise immense comme dans une capsule spatiale et vachement dangereuse qui voyagerait au-dessus des voitures. En plus, avec ce chauffeur, je dois faire gaffe à tous les carrefours, vu qu'il ne sait pas reconnaître une fille d'un garçon il ne doit pas être plus doué pour les feux rouges et les feux verts.

Voilà enfin l'autoroute. C'est tout droit. Je n'ai aucune confiance en ce type mais je me détends un peu. Suivant les conseils de maman je retire mes chaussures et je pose mes pieds sur le siège, le menton calé sur les genoux. Je fixe la route, je me laisse hypnotiser. Et bercer. Le ronflement du moteur m'abrutit doucement. Je m'endormirais presque lorsque tout à coup le reflet de Sylvie apparaît dans le grand pare-brise de l'autocar. Sylvie a changé de place, elle a mis sa grosse copine côté fenêtre et, penchée dans l'allée, elle observe la route. A chaque fois qu'une voiture nous croise, la lumière des phares efface son visage pendant une ou deux secondes.

D'abord mon cœur est très content de la voir, on en profite, tous les deux. Et puis pendant un long moment plus aucune voiture ne nous croise, le visage de Sylvie reste là, son reflet s'obstine sur le pare-brise. Alors je me rends compte que ce n'est pas la route qu'elle regarde, c'est mon reflet à moi. Elle me regarde moi. Mon cœur ne se sent plus. Il cogne.

Être amoureux, j'ai entendu ce mot des centaines de fois, à l'école et partout, sur l'air des lampions, bisque bisque rage, il est amoureux, hou, les cornes !... Plus jamais je ferai ça, on ne me verra plus dans la ronde. Maintenant, je sais qu'il n'y a pas de vice. Être amoureux, ce n'est pas louche, ce n'est pas risible, ce n'est pas non plus à crier sur les toits. C'est comme un grand malheur mais c'est du bonheur. C'est fort comme le chagrin mais c'est la beauté de son visage qui est à pleurer.

On est dans les nuits les plus longues de l'année, mais le jour se lève quand même et, kilomètre après kilomètre, le reflet de Sylvie s'estompe. J'ai beau ouvrir les yeux plus grands, plus grands. Je ne peux plus rien retenir. J'aurais voulu qu'on me laisse le temps d'aller au bout des profondeurs de son visage avant que le jour l'efface du pare-brise. Et le jour l'efface du pare-brise, il n'y a plus que la route. Je suis épuisé. Un péage, de l'autre côté de la barrière, et c'est le jour. Je m'endors, recroquevillé dans le fauteuil.

A un moment donné du voyage, maman sort quarante-trois sandwiches à la viande froide et quarante-trois sandwiches au fromage. C'est la joyeuse cohue, sauf Sylvie qui ne mange pas de peur d'ouvrir la bouche, et de déranger sa beauté.

A un autre moment donné du voyage, le car s'arrête pour faire pipi. Maman organise ça deux par deux pour être sûre de ne pas perdre ses filles en pleine cambrousse. Toutes vont pisser sauf Sylvie. Sylvie est déjà une princesse ou une fée, les princesses et les fées ne font jamais pipi.

A une certaine heure de l'après-midi, Sylvie tombe malade dans l'autocar. Sa grosse copine se met à crier par-dessus les fauteuils :

— Madame Mocquère ! Madame Mocquère ! Sylvie est malade !

On arrête l'autocar qui en profite pour fumer une cigarette.

— Tout le monde reste assis et se tait, dit maman. Retournez à vos places.

Sylvie est toute pâle, en effet. Maman la soulève doucement. C'est plutôt au ventre qu'elle a mal, mais elle ne peut pas dire où exactement. Maman l'entraîne dehors en disant que l'air lui fera du bien. Elles passent comme ça devant moi, serrées l'une contre l'autre. Le chauffeur souffle un gros nuage de fumée, il a l'air d'en avoir vu d'autres, ça l'inquiète même pas pour sa moyenne.

— C'est un ulcère, dit une fille. Je connais. Ma mère en a plein.

— C'est quoi ?

— L'ulcère c'est comme un petit cancer.

— On va l'emmener à l'hôpital ?

— Idiote !

— Il paraît, une fois, il y a eu une fille, elle avait même pas douze ans, elle a eu une grossesse nerveuse.

— Han han ! la menteuse !

— Si, c'est vrai, je le sais, papa est médecin.

— Mais c'est quoi ?

— C'est quand tu crois que tu vas faire un enfant. C'est psychologique.

— Si ça se trouve c'est juste la pindicite.

— Eh ben l'appendicite tu peux en crever aussi. Si c'est aigu, tu fais une amoragie interne et t'es cuite, ma vieille.

— C'est quoi ?

— Qu'elle est bête celle-là ! Rah, lâche-moi.

Pendant qu'elles révisent leur troisième année de médecine, la grosse copine de Sylvie chiale en silence. Je savais que les filles pleuraient beaucoup, mais à ce point c'est dégoûtant, elle gicle comme une fuite d'eau. Je la déteste de plus en plus.

Tout à coup les filles se taisent, c'est le signal que maman va remonter dans le car avec Sylvie. Alors je me recroqueville, les bras serrés autour de mes jambes. Je me cache jusqu'aux yeux, jusqu'au front, je ne peux pas voir ça. La voir. Je ne sais pas pourquoi. C'est comme si j'avais trop envie et que ça me faisait trop honte. Je l'entends, c'est tout, elle monte les marches, déplacement de l'air. Sa présence me frôle, je la sens les yeux fermés. Ça me suffit. C'est déjà tellement. Tellement quoi ? Tout. La racine des cheveux, la salive acide, les mains moites.

Nous arrivons le soir tard. On voit la neige dans la lumière des phares, mais les filles ne bougent pas. Elles ont compté plus de sept mille éléphants, ça trompe énormément, et elles sont rétamées.

Notre classe de neige est à flanc de montagne, dans un grand chalet, juste au-dessus d'un village nommé Abondance. Une soupe nous attend avec du fromage d'ici et des croûtons. Il y a déjà des emmerdeuses qui n'aiment pas ça. Ni ça. La grosse copine de Sylvie a recouvré tous ses esprits et elle engloutit l'assiette des filles difficiles.

Je me suis assis à la table de Sylvie, presque en face d'elle. Elle a des cheveux légèrement bouclés, un peu en dessous des épaules ; il lui suffit de les enfermer dans une barrette derrière sa nuque et elle peut manger tranquille, sans craindre, comme certaines coquettes, de les faire traîner dans la soupe. Sylvie n'est pas coquette, elle a un sens pratique. Et puis elle est belle. Elle aime le fromage râpé, elle en met plein dans son assiette. La prochaine fois je lui donnerai ma part. C'est mon premier projet, on verra la suite plus tard.

Les deux dames qui nous servent sont très gentilles, souriantes, elles ont de grosses poitrines subventionnées par le plan de soutien aux vaches laitières de haute montagne. Est-ce qu'on peut faire du fromage avec du lait de femme ? Des grosses femmes comme elles doivent produire une quantité record, un fromage extrabon. Elles ont des infusions à la fleur d'églantine. Très local ça aussi. Madame Denise vient me proposer une infusion au tilleul qui, paraît-il, est plutôt faite pour les garçons. Je dis oui, désappointé. Depuis la table d'à côté maman lance un regard peu amène sur cette marque de favoritisme. Sylvie ne regarde pas, je crois qu'elle fait semblant de ne rien voir. Elle a du tact.

Maman téléphone à la mairie pour dire que les filles sont bien arrivées et que pas une seule n'a vomi dans l'autocar. Pendant ce temps, madame Denise me conduit à la chambre, au premier étage.

— C'est la chambre des maîtresses, dit-elle. C'est orienté au sud, on a le soleil toute la journée. Voilà. Ça vous plaît-il ? J'ai rajouté un lit pour le petit monsieur.

— Qui ça ?

— Mais... pour vous.

Avec ce lit de camp supplémentaire, la chambre ressemble à un placard. Ça va nous changer du pavillon. Je me sens déjà mal. Les lits sont trop rapprochés. C'est pas honnête. J'étouffe. Je préfère rester dans le couloir, attendre que maman revienne.

A l'autre bout du couloir les filles font la cohue des cabinets aux lavabos et des lavabos aux dortoirs. Pour les filles, le moment d'aller se coucher est un truc complètement affolant, leurs cheveux défaits volent n'importe comment, produisant une électricité incroyable qui fait des étincelles dans les bousculades. Je cherche Sylvie sans la trouver. L'affluence du couloir se réduit jusqu'à ce que les chasses d'eau se taisent complètement. Les dortoirs se remplissent de chuchotements. Bientôt tout sera fini, elles vont sombrer dans le sommeil. Moi aussi j'ai sommeil. J'attends maman, qu'est-ce qu'elle fait ? Je suis pressé qu'elle arrive pour lui demander des explications sur notre chambre, est-ce qu'on va dormir dans cette boîte de sardines ? Va-t-elle accepter ? C'est alors que la porte d'un des trois dortoirs s'entrouvre. Mon cœur sursaute sous l'effet d'un espoir formidable... et puis s'arrête sous le poids de la déception. Ce n'est pas Sylvie qui apparaît c'est l'autre, sa grosse copine. Elle porte une robe de chambre rose, matelassée, avec des broderies aux poignets. Sa façon de se tenir, d'arriver pieds nus dans le couloir désert, on dirait qu'elle a oublié de faire pipi, mais pas du tout : elle court vers moi, les yeux écarquillés, le visage en sueur, elle se jette sur moi sans ambages, accrochant ses bras autour de mon cou. Je t'aime, je t'aime, dit-elle en m'embrassant sur les deux joues. Je m'appelle Marie-Camille. Je t'aime, je t'aime. Et la tornade répugnante s'enfuit, emportée par les froufrous obèses de sa robe de chambre. Misère.

J'attendais de mon premier baiser des lèvres de princesse et c'est la bouche d'un crapaud.

Maman arrive quelques instants plus tard. Je suis encore sous l'effet de ce mauvais coup et je n'ai plus rien à dire sur la chambre ni rien. J'entre sans protester, et quand elle me demande ce que je faisais dehors je lui réponds : « Je t'attendais maman ». Je crois qu'elle trouve ça un peu étrange.

Maman enfile une chemise de nuit qui ne me laisse rien voir, ni ses jambes ni ses épaules. Elle se couche. Ce soir, il n'y aura pas de lecture, nous sommes trop fatigués. Elle éteint la lumière en me souhaitant une bonne nuit. Elle aurait juste à sortir un peu de son lit pour me faire un baiser, nos lits se touchent presque, mais elle ne bouge pas. Je la sens contractée, n'osant rien dire. Elle pousse deux ou trois soupirs qui expriment toute sa gêne, puis sa respiration devient régulière. Au bout d'un moment, je crois qu'elle dort. Je me mets sur le dos, silencieusement, je plie les jambes, je me fais ma petite chapelle, mon cœur bat cent fois plus fort à cause du risque que maman se réveille, qu'elle entende mes bruits sous le drap et qu'elle dise :

« Mais qu'est-ce que tu fais Sylvain ? » Ce serait horrible, ça me fait peur et ça gonfle mon sexe encore plus que d'habitude. J'essaie que ma respiration ne fasse pas de bruit, ni les boutons de mon pyjama que je défais un par un. Maman ne bouge pas. Je commence à me caresser tout doucement. Je passe, repasse, ça dure et mes doigts n'arrivent à rien, ils passent, repassent aux endroits connus sans réussir à provoquer les petits tremblements délicieux qui agitent habituellement la surface de mon ventre. Mes doigts sont lourds, imprécis, stupides.

Je crois que c'est parce que je n'arrive pas à me concentrer ; je pense à maman qui est là, à côté, trop près, je pense à Sylvie qui est là-bas, dans son dortoir, trop loin. Je pense aussi à cet horrible baiser que m'a donné cette fille horrible, j'en ai encore la bouche écœurée, comme une amertume d'artichaut cru sur les lèvres.

J'essaie encore une fois de me caresser et puis ces tentatives infructueuses finissent par m'ennuyer. Je déplie mes genoux, la chapelle s'écroule, provoquant un grand souffle d'air qui fait remuer l'abat-jour.

— Mais qu'est-ce que tu fais, Sylvain, tu ne dors pas ?

— J'ai fait un cauchemar.

— Veux-tu que j'éclaire ?

— Non, non, pas la peine. C'est toujours le

même, tu sais, celui où je tombe du toit de la maison.

— C'est fini, maintenant, tu vas dormir ?

— Maman ?

— Oui.

— Dis-moi...

— Quoi donc, Sylvain ?

— Dis-moi, maman, est-ce que Sylvie Verdier est une bonne élève ?

Elle reste un moment silencieuse, pas comme si elle était surprise, mais plutôt comme si elle devait consulter ses fiches.

— Sylvie Verdier est une assez bonne élève, oui.

— Mais combien ?

— Quatrième.

— Et... est-ce que tu trouves qu'elle est jolie ?

Elle me demande de venir l'embrasser. J'escalade aussitôt son lit dans un fracas de ressorts et je m'allonge contre elle, je l'embrasse. J'aurais le désir, là, tout de suite, de lui raconter la vérité belle et entière. J'aurais. Elle sourit, je ne la vois pas sourire mais je la sens contre ma joue : ses lèvres se tendent.

C'est quoi un sourire, d'où ça vient ? Quel est le mélange explosif capable de créer cet étirement musculaire irrésistible, ce déchirement presque, ce cataclysme du visage ? A quel genre de sensations appartient le sourire ? Il n'est pas toujours la figuration du bien-être : il y a des sourires tristes et même des sourires qui ressemblent à des grimaces. Le sourire de ma mère est encore à part, je crois qu'il y a des fils invisibles qui relient son sourire à mon ventre ; chaque fois qu'elle sourit ces fils se tendent et j'ai l'impression qu'elle me tient par le ventre. Ce n'est pas vraiment une douleur bien que cela m'empêche un peu de respirer.

— Alors demain matin tu me feras la classe ?

— Oui. Tu seras un élève comme les autres, sans aucune faveur...

— Et l'après-midi le ski ?

— Oui.

— Et le soir on fera des jeux ?

— Oui.

— Quels jeux ?

— ...

Elle ne répond plus. Elle s'empêche de répondre afin de me laisser parler pour de bon. Dire ce que j'ai à dire. Son silence me laisse toute la place, tout le temps, mais je ne peux pas. Le secret se forme dans ma bouche et quand j'essaie de forcer les mots, je sens des frissons et même des commencements de larmes dans les narines. Le moindre aveu multiplierait mon trouble. Mon amour pour Sylvie multiplié par le dire à maman égale une somme impossible à contenir dans ma petite poitrine.

— Et après les jeux, maman, tout le monde ira se coucher ? Et le matin on retravaillera ? Et l'après-midi on refera du ski ? Et le soir on rejouera ? Et le lendemain...

Elle pose sa main sur ma bouche, gentiment.

— Ne t'énerve pas, Sylvain. Retourne dans ton lit. Maintenant tu vas dormir.

Maman ne me réveille qu'une fois habillée et lavée, et pour ainsi dire prête à sortir, pour me laisser la place. Dans une chambre aussi petite les détours et circonvolutions de la pudeur doivent très vite vous filer mal au crâne, et certainement le torticolis.

Je me dépêche de m'habiller et de faire mon lit comme on se couche. Je me lave les dents en me brossant du haut vers le bas et du bas vers le haut. Et puis je sors de la chambre à toutes berzingues.

La grosse copine de Sylvie est là, dans le couloir, comme si elle était restée toute la nuit. Elle sent l'eau de Cologne. Elle enlève ses lunettes pour paraître plus jolie et me sourire tout entière. Je crois que ce sont tous les efforts qu'elle fait pour me séduire qui la font loucher. Ou alors c'est congénital et je n'y peux rien.

Enfin c'est moche. Je passe devant elle en faisant semblant de ne pas la voir.

— Sylvain, murmure-t-elle d'une voix de nuit blanche. Sylvain...

— Ah ! tu es là... Je ne t'avais pas vue.

Elle me prend la main, m'empêchant de descendre l'escalier pour aller déjeuner. « Viens », dit-elle en me tirant vers les dortoirs. Je pourrais lui résister, les garçons sont quand même plus forts que les filles, mais je demande pardon à la sainte Marie protectrice des Enfants Sages : cette fille-là me dégoûte et le dégoût me rend faible. Je me laisse guider par elle jusqu'à son dortoir, jusqu'à son lit où elle m'invite à m'asseoir. Comme je dis non, elle me pousse.

— Fais attention à ma poupée, dit-elle.

La poupée est couchée entre les draps, bordée comme il faut, les cheveux soigneusement défaits sur l'oreiller, les yeux fermés bien sûr.

Je cherche parmi les lits du dortoir si je peux reconnaître celui de Sylvie.

— J'ai des bonbons, dit-elle. Tu en veux ?

Ses pupilles se dilatent en ouvrant sa gigantesque boîte de bonbons fourrés. Son sourire s'humidifie. Maintenant je suis certain qu'elle louche. Ses doigts boudinés plongent dans la boîte sans attendre que je me serve.

— T'en veux pas ?

— C'est mauvais pour les dents, je lui dis. Ça

fait grossir. Ça rend aveugle. Et puis je trouve que manger des bonbons c'est le truc le plus idiot de la Terre. Il faut manger pour se nourrir, c'est tout.

Elle referme la boîte, la cache sous ses mains, la honte rajoute encore à sa laideur, ça devient une caricature, peut-être un objet d'art, un dessin de Daumier. Elle range sa boîte dans sa petite armoire personnelle.

— Je la cache, dit-elle. Comme ça je n'en mangerai plus. Regarde, je la mets sous mon gros pull. J'y toucherai pas, je te promets.

— Fais ce que tu veux avec tes bonbons, je m'en fous.

— Si si, plus jamais !

Elle est très fière de cette décision. Elle vient s'asseoir à côté de moi sur le lit et après un court moment de silence elle me demande si elle peut m'embrasser, comme hier.

— Non non, surtout pas ! J'ai fait des cauchemars toute la nuit.

J'ai subitement l'impression d'avoir dit quelque chose d'horrible. Sa bouche se tord, ses yeux brillent et très vite se mettent à couler. Cette fille est une championne des larmes, une sorte de bombe lacrymogène. Je pourrais profiter de sa nouvelle crise pour partir en douce, mais tu parles, à peine je me lève qu'elle se lève, elle m'emboîte le pas, reniflant sa morve jusqu'à l'âme. Elle fait exprès de ne pas prendre son mouchoir, elle n'essaie surtout pas de se calmer avant d'arriver au réfectoire, elle veut que nous fassions une entrée pathétique, elle et moi, ensemble, c'est ça qu'elle veut, et je ne peux rien empêcher.

Il va falloir que je me méfie drôlement de cette fille. Certainement qu'en plus c'est une cafteuse, dès qu'elle pourra articuler deux mots elle racontera tout, elle dira à maman que je l'ai traitée de grosse, de binoclarde, de mangeuse de bonbons la plus idiote de la Terre. Je vais avoir droit à un sermon sur le respect humain.

— Oh madame ! bredouille-t-elle la bouche pleine de larmes, c'est Sylvain... Oh madame ! Sylvain a fait des cauchemars toute la nuit. Des cauchemars, Madame !!

Je n'ai pas peur des filles, mais ce coup-là m'estomaque.

D'un mouvement général de chevelure, les filles se tournent vers moi. Elles restent un moment bouche bée, la tartine à la main. Bientôt la confiture leur coule entre les doigts.

Sylvie, quant à elle, regarde le fond de son bol, et elle n'a pas fini.

Sylvain. Sylvain Mocquère. Je répète en moi-même la formule magique qui va durcir ma mâchoire, redresser mon dos. Poussez-vous. Écartez-vous. A partir de maintenant c'est ici ma place, à cette table, à côté de cette fille qui regarde le fond de son bol. Du thé, pour moi. Nature. Avec des tartines et du beurre.

A l'autre bout du réfectoire on dirait que maman a réussi à consoler Marie-Camille. Mais c'est faux, maman ne console pas, elle étouffe les sanglots dans ses bras.

Marie-Camille cherche maintenant à s'asseoir à notre table, et si possible à côté de Sylvie. Elle lui lance des regards éperdus, tournant autour des bancs. Elle est grosse et moche et ici c'est la table des belles, la table des bonnes élèves et du fils de la maîtresse. L'Olympe. Elle n'a donc aucune chance. Elle finit par aller déjeuner à une autre table où elle s'empare de la confiture avec une méchanceté horrible.

On entre dans la classe à neuf heures. C'est presque en sous-sol, il n'y a pas de fenêtre. Heureusement, sinon on regarderait sans arrêt la neige qui tombe et on ne penserait qu'à l'heure de partir au ski, on penserait aux glissades, aux boules de neige, aux crêpes chaudes que maman nous achète à quatre heures. On y serait déjà : « Quarante crêpes au sucre, monsieur, s'il vous plaît. » C'est une petite cabane au pied du remonte-pente. Le vendeur de crêpes nous fait un prix. Moyennant un petit supplément Marie-Camille obtient une barre de chocolat en plus que le vendeur fait fondre sur la crêpe et dont l'odeur se répand dans la queue leu leu jalouse. Certaines filles voudraient lui faire une méchante blague : du sel à la place du sucre ou de la crotte à la place du chocolat. Il faudrait d'abord se mettre en cheville avec le vendeur. Et puis prévenir Sylvie... Il faut que Sylvie soit d'accord car c'est sa copine attitrée. Les filles viennent lui demander. Pour la crotte, c'est non, le reste, elle ne veut pas savoir. Ces blagues ne la font pas rire, mais elle ne caftera pas.

Il y a une sieste obligatoire après le repas mais dès qu'on a chaussé nos skis, Sylvie et moi, on ne se quitte plus jusqu'au soir. Même au remonte-pente on reste ensemble, à deux sur le tire-fesses. Et en mangeant notre crêpe. Partout.

Sylvie a remarqué la fumée blanche qui sort du gros tuyau de poêle de la cabane à crêpes. Elle trouve ça joli. Moi aussi. Surtout vu d'en haut, du sommet de cette colline qui nous sert de piste et qui est pour ainsi dire réservée à notre classe de neige. Il y a là-haut des sapins tout gelés qui ressemblent à des cristaux, je trouve ça vachement beau. Elle aussi. On s'entend sur la beauté, sur les trajets à suivre. Plus on est près l'un de l'autre, mieux on glisse, plus on fonce, et si on s'écarte trop on se casse la figure : ça nous fait rire aussi de nous retrouver le cul dans la neige, car on ne reste pas confits dans l'adoration mutuelle, on se jette même des sacrées boules de neige, et on crie comme des sauvages, mais on repart toujours, l'un à côté de l'autre, perfectionnant nos glissades.

Certaines filles n'y connaissent rien et prennent des leçons avec le moniteur qu'on entend hurler de très loin. Dès le premier jour, Marie-Camille est sa bête noire : la grosse toupie est incapable de faire dix mètres sans tomber. D'ailleurs elle ne tombe pas vraiment, elle s'affaisse, lentement, comme si elle voulait s'asseoir sur ses skis, elle s'immobilise dans un coin de poudreuse et, complètement ramollie par la peur, elle bascule sur le côté, presque morte. Il faut deux filles pour la relever.

Le moniteur de ski a déjà proposé plusieurs fois une dispense, maman était d'accord, mais Marie-Camille hurle qu'elle veut apprendre. Elle veut pouvoir, au moins une fois, rien qu'une fois, monter en haut de cette colline d'où Sylvie et moi partons pour nos glissades.

Le ski dure jusqu'à ce que la lumière baisse. La neige alors devient bleue. Le froid nous pénètre. La fatigue fait gémir les filles. Maman regarde sa montre : « Trois minutes de soleil en plus », dit-elle.

Nous nous mettons en rang, nos skis sur l'épaule, près de la cabane à crêpes dont les volets sont fermés.

Pour se défouler des leçons pénibles et décourageantes qu'il vient de donner aux filles, le moniteur effectue une descente spectaculaire qui tire des soupirs d'admiration de toute la classe. Sauf Sylvie. Sylvie ne soupire et n'admire que moi. Le moniteur lance son dernier schuss dans notre direction, il fait mine de nous foncer dessus et, dans une belle gerbe de neige, il vient s'arrêter pile devant maman.

— Alors à d'main, m'dame Mocquère. Même heure ?

— Oui, c'est ça. Je vous remercie.

Il lui sourit. Comme il insiste maman se tourne vers sa classe et donne le signal du départ. Elle ne laisse certainement pas d'espoir au moniteur mais sur le chemin du retour elle nous fait chanter « là-haut sur la monta-a-gne, l'était un beau chalet ». Maman chante si rarement, seulement pour mon anniversaire et encore, elle s'étouffe, elle s'étrangle en pleurant avant la fin. Tandis que là, on dirait que le grand air lui fait respirer de la joie. Elle chante.

Nous rangeons nos skis dans un garage équipé pour. Chaque fille a son casier, et moi aussi, à côté de celui de Sylvie. Nos skis passent la nuit ensemble.

Après le dîner on a le choix des distractions. Certaines filles s'organisent au Monopoly, d'autres se mettent devant la télé jusqu'au maximum autorisé. Maman lance les jeux socio-éducatifs qui n'ont guère de succès. Sylvie et moi nous lisons des bandes dessinées. Un album à la fois. On s'assied sur la banquette et on ouvre *Tintin au Tibet* entre nous deux. Moi, je ne lis pas, je regarde les dessins. J'attends que Sylvie ait fini de lire pour tourner la page, j'attends ce moment précieux où elle relève légèrement la tête, elle a aussi une respiration qui est comme un signal.

— Tu as fini ?

— Houi.

Je ne sais pas si elle lit vraiment les textes. Pour quoi faire ? Je m'approche d'elle un peu plus, ma main frôle son bras en allant chercher le coin de la page suivante ; je mets dans ce geste toute la douceur requise à un effleurement. Pour tourner la page je suis un peu plus rapide, afin que le souffle d'air vienne caresser son visage. J'adore Tintin. Sincèrement, qu'il aille au Tibet, en Amérique, qu'il aille se faire voir chez les Soviets, ça m'est sympathiquement égal, c'est comme un ami, un complice, il peut tout faire, je lui pardonne. La seule question que je me pose à son sujet : a-t-il peur des filles ? On n'en voit jamais. Sauf la Castafiore qui me fait penser à Marie-Camille, mais en beaucoup plus drôle.

A propos de Marie-Camille j'apprends que Sylvie habite la même rue qu'elle depuis toujours. Bien que Marie-Camille ait un an de plus que Sylvie elles ont toujours été dans la même classe. Malgré l'antipathie que toute la classe manifeste à son égard, et de plus en plus chaque jour, Sylvie n'en dit pas du mal. Elle baisse les yeux si j'en parle. Donc, je n'en parle plus. Car Sylvie a les yeux verts.

Quand on est seuls là-haut, au sommet de la colline, on se regarde des fois dans les yeux. On fait des concours : le premier qui cligne les paupières a perdu. Je ne connais pas l'enjeu. Sylvie le connaît peut-être, je ne sais pas, je suis à sa merci. Elle peut me demander n'importe quoi, et même de continuer comme ça, à rien demander, ni s'embrasser, à peine se toucher... à cause de la peur d'abord et puis par principe, bientôt par plaisir. On ne se sourit presque plus, la confiance déjà nous dispense de cet effort musculaire. On se regarde, beaucoup. On se parle, un peu. On s'aime surtout. S'aimer est un état dans l'état. Un état de fait et un état de conscience. Quoi qu'on fasse on s'aime pardessus tous les autres actes. Où que nous soyons, nous sommes ensemble, au-delà des lieux, dans une réalité hypnotique, ni absents ni tout à fait présents, simplement amoureux. Et si maman appelle Sylvie au tableau, si elle lui pose des questions sur la grammaire, la conjugaison des verbes, je, tu, il ou elle, c'est sur moi que ça tombe, c'est nous qu'elle met au futur en susurrant des *s* à mon oreille. Dans l'orthographe aussi c'est toujours nous qu'elle corrige, quand elle épelle les mots, le doublement dès qu'on sonne c'est moi que ça réveille. Aimme, deux *m*, deux qui sèment.

Un soir, maman reste au salon pour regarder une émission de télé qui sera peut-être intéressante, on ne sait jamais. C'est ce soir-là que j'entre dans le dortoir de Sylvie. L'événement sensationnel déclenche une excitation qui s'étend rapidement aux autres dortoirs d'où jaillissent des rires, des cris et des cavalcades à ressorts. Des filles viennent des autres dortoirs pour voir si c'est vrai, si je suis vraiment là. Elles passent d'abord la tête, disparaissent aussitôt derrière la porte, puis reviennent, entrent finalement en se poussant du fou rire, et derrière elles, plein de filles entrent à la suite. Nous les recevons, moi et Sylvie, assis sur son lit d'une façon assez majestueuse. Elles défilent, c'est le mot, tandis que Marie-Camille, en bonne grosse copine, distribue les bonbons aux visiteuses. Elle veut que la boîte soit vidée ce soir.

— Vas-y, dit-elle, prends-en encore.

Elle attise la gourmandise de chacune comme si elle comptait que les filles allaient devenir grosses à sa place.

Alertée par le tapage maman apparaît. Les filles s'arrêtent aussitôt de sucer leur bonbon ; d'avoir ça dans la bouche leur donne à toutes le même air complètement idiot. Maman traverse le dortoir. Elle a l'air un peu furieuse, l'émission ne devait pas être excellente. Maman déteste la télé. Elle trouve qu'il y a beaucoup de monde ici.

— C'est un meeting ? demande-t-elle.

Elle se tourne vers Rosaline, la responsable de classe. Rosaline tourne la tête vers moi, perdue. Rosaline bafouille quelques madame, madame, tordant le coin de son pull entre ses doigts.

— Il faut vous faire respecter, Rosaline.

Maman ajoute que pour cette fois-ci ce n'est pas grave. Mais c'est la dernière fois. Elle glisse un regard circulaire sur l'assistance dont les quarante bouches sont restées figées autour du bonbon, et puis elle me fait signe de sortir avec elle.

Seuls dans notre chambre, elle me dit que je n'ai rien à faire dans le dortoir des filles. A croire que c'est elle qui a peur des filles.

— C'était bien l'émission à la télé ?

— C'est cela, parle d'autre chose. Non c'était complètement stupide. Je suis partie au bout d'un quart d'heure. Cela t'aurait arrangé que je reste en bas.

— Oui.

— Est-ce que tu me promets de ne plus retourner dans les dortoirs ?

— Je ne sais pas, maman.

— Il faut savoir, Sylvain.

— Alors c'est non : je ne crois pas que je peux te le promettre.

— Merci pour ta franchise. Je t'aurai à l'œil par conséquent.

Je pense que tout ça l'amuse, mais je n'en suis pas sûr.

Cette nuit je ne dors pas. J'ouvre les yeux, je fixe l'endroit le plus obscur de la chambre, là-haut, à l'angle du mur et du plafond, je concentre toute la force de mon regard vers cette zone sombre, j'aiguise mon regard comme un poinçon à percer les ténèbres. Tout au bout, de l'autre côté du noir, le visage de Sylvie apparaît. Pas longtemps, quelques secondes, la gymnastique des yeux est trop violente, on ne peut pas soutenir l'effort plus que ça, très vite les ténèbres se referment sur elle, effaçant son sourire, dispersant les ondulations immobiles de ses cheveux, bientôt, il n'y a plus rien, que les trois faces noires des murs et du plafond. Je suis épuisé. Je ferme mes yeux douloureux. Je ne me caresse pas. La pensée de Sylvie est une sorte de caresse sur le ventre, une caresse sans la peau, sans les doigts, une caresse sans bouger, juste l'état de plaisir qui m'accompagne jusqu'au sommeil, qui me fait voyager dans son volume. Un jour, une nuit très longue, Sylvie viendra dans ce volume et on ne se touchera presque pas de peur que les caresses nous réveillent de cet état, nous fassent tomber hors de ce volume.

Ce matin, maman interroge encore Sylvie. Elle lui pose des questions difficiles. Sylvie ne se trouble pas. Même quand elle ne sait pas elle ne rougit pas. Je l'admire. J'admire sa force. Bien sûr les garçons sont plus forts que les filles, mais les filles entre elles, les filles contre les femmes, elles jouent avec la force. J'observe ça, très intéressé.

— Merci, Sylvie. C'est bien. Vous pouvez retourner vous asseoir. Sylvie ?

— Oui, madame.

— Je voudrais que vous changiez de place. Allez prendre vos affaires et mettez-vous à la place de Suzanne. Suzanne ira prendre votre place.

Sylvie descend de l'estrade. Elle traverse

l'allée jusqu'à notre pupitre et elle ramasse ses affaires, ses gestes sont incroyablement efficaces, comme si elle avait prévu ça depuis longtemps.

D'abord je n'ai pas compris ce que maman voulait faire. C'est seulement maintenant, en voyant Sylvie lui obéir, que je comprends qu'elle nous sépare. Elle n'aime plus du tout notre amour, elle ne veut plus le voir, elle ne supporte plus de l'avoir là devant les yeux à longueur de journée. Elle nous a peut-être vus en train de nous tenir la main sous le pupitre.

Sylvie s'en va, elle a pris son cartable, elle a gardé la tête baissée, elle s'en va dans l'allée. Mon amour bascule, chavire, ça se retourne à l'intérieur de mon cœur, ça montre son méchant revers, son côté cour dégueulasse, sa face cachée. Ça reste la coque en l'air et je ne peux plus respirer. Au secours, dit l'amour. Je regarde maman, ses lèvres sont blanches, ses doigts tapotent sur le bureau, ses yeux ne quittent pas Sylvie. Voilà, ça y est, elle a pris sa place au premier rang à droite. Suzanne s'est assise à côté de moi, péniblement, elle a installé ses Bic et ses cahiers dans le pupitre et puis maman a repris sa leçon.

Suzanne est la plus mauvaise élève de la classe, elle redoublera, elle le sait, ça se sent, elle a déjà pris son bail avec la maîtresse et c'est pour cette raison que maman l'utilise à ses basses œuvres.

Plus tard, pendant la leçon, Suzanne se penche vers moi et, avec le talent propre aux cancres de ne pas se faire remarquer, elle me chuchote : « C'est pas ma faute, hein Sylvain, c'est pas ma faute. »

Intérieurement je corrige sa phrase, je remets l'adverbe de négation et la préposition qui manquaient, je corrige sans comprendre le sens, mon cerveau est ramolli.

Après la classe du matin, il y a un petit quart d'heure de récré assez bruyant pendant lequel les filles vont et viennent dans le chalet. A l'écart de cette agitation Sylvie et moi partons nous laver les mains, c'est devenu une habitude. Au moment où nous allons entrer aux lavabos, maman m'appelle.

— Sylvain... je voudrais que tu ailles te changer avant le repas... Nous déjeunons avec le directeur de l'école qui vient nous rendre visite. Mets une chemise propre et ta veste. Tu mangeras à notre table. Va. Et donne-toi un coup de peigne s'il te plaît.

— Alors je ne peux pas me laver les mains avec Sylvie ?

— Tu ne vas pas faire d'histoires, Sylvain. Tu te laveras dans la chambre.

Je ne pourrai pas aller chercher les mains de Sylvie sous la mousse, sentir les os fragiles de ses petites mains de fille, deviner le plaisir qu'elle prend à faire glisser le savon, lui montrer comment j'aime ça moi aussi mais sans rien se dire, parler avec les mains, dans la mousse, juste le bruit de l'eau qui coule, le bruit de nos doigts qui s'emmêlent, le bruit de cette mousse qui gonfle et tombe par petits paquets onctueux au fond du vieux lavabo de porcelaine tandis qu'au loin la rumeur des filles affamées qui entrent au réfectoire en faisant grincer les bancs, cette rumeur nous met encore plus à l'écart des autres, nous unit dans le secret de cette alcôve. On ne pourra pas. Nous n'aurons pas comme les autres jours les mains les plus propres et les plus douces de toute la classe.

— Je te trouve trop sévère, maman. Ce n'est pas juste.

Je m'enferme dans la chambre en claquant la porte. Qu'est-ce qu'il vient faire ici ce directeur ? J'espère que maman sera assez méchante avec lui, sinon ça sera moi.

J'enfile ma chemise et ma veste. C'est un truc bleu marine qu'on a acheté cette année en Angleterre, il y a un écusson sur la pochette. Je me peigne devant la glace, voilà, je suis parfait. Parfaitement grotesque et obéissant. Je peux descendre et communier à la cérémonie du mensonge. Bonjour, monsieur le directeur. Certainement, monsieur le directeur.

J'appelle Sylvain, Sylvain Mocquère. À l'aide ! Je le chuchote vingt fois, c'est dur à venir. C'est qu'il m'en faut du courage pour paraître au réfectoire dans cette tenue, c'est comme un bonnet d'âne spécial pour amoureux. J'ai l'impression de traverser la salle sous les risées des quarante filles ; elles ne disent rien pourtant, ce sont des risées silencieuses. Je crois que je commence à avoir peur des filles.

Le directeur ne peut pas s'empêcher de passer sa grosse main sur ma nuque : il m'adore. Il veut que je m'asseye à côté de lui, et il sourit d'aise, il trouve tout charmant : ce village d'Abondance, ce chalet bien équipé, ces jeunes filles, madame Denise et madame Henriette, la cuisine qui sent si bon, tout.

— Est-ce que la neige est bonne, monsieur le moniteur ?

— Très bien, m'sieur l'directeur. Très bien. Les trois quarts des élèves auront certainement leur troisième étoile avant la fin des vacances.

— Chut !!! Ne dites pas vacances, ah là là ! Classe-étude. Classe-étude.

La discussion s'engage aussitôt sur les problèmes éducatifs, la pédagogie moderne, la méthode anglaise, les enfants libres de Summerhill, Cambridge, Oxford. Le directeur fait une réflexion sur mon écusson anglais. Il rit. Il boit du gamay local en disant qu'on a de la chance d'avoir de l'eau d'évian au robinet, ce qui fait beaucoup rire madame Denise. Ils abordent la question de la dernière réforme de l'enseignement pile au moment du fromage. Il y a les pour et les contre. Ceux qui préfèrent directement un dessert. Enfin il y a une légère confusion. Maman est pour le contre et assez sévèrement. Le directeur bougonne. Je suis content qu'ils s'alterquent enfin. Le moniteur regarde maman, tellement brillante, et il se range à son avis, oui, c'est exactement ça, dit-il, pour nous dans l'agriculture de montagne c'est pareil : le gouvernement n'y connaît rien de rien... On dirait que le moniteur vient de dire une connerie. Un ange passe et maman baisse les yeux, elle rougit même un peu, peut-être à cause du sexe de cet ange.

— Et toi, Sylvain ! lance le directeur en me tapant sur l'épaule. Toutes ces filles ne te font pas peur ?

Je n'ai pas le temps de dire non, il continue en me disant que j'ai de la chance.

— Mais il ne faut pas jouer au petit coq, n'est-ce pas...

— Quand est-ce que vous repartez, monsieur le directeur ?

Maman se raidit, elle me gronde du regard. C'est une question très mal polie que je viens de poser. Le dirlo quant à lui ça le fait rire, il trouve que je suis un sacré gaillard, un brave, j'ai sûrement un bon fond, et rebelote la main sur l'épaule.

— D'ailleurs ce garçon a raison, il faut que je...

Il faut qu'il parte. Sa voiture, sa route, son verglas, ses pneus cloutés, ses péages, sa femme, le dîner... allez, allez, casse-toi, casse-toi vite.

Toutes les filles se lèvent (symphonie des grincements de bancs) et elles chantent mi-chœur mi-canon : « Au r'voir mon-sieur le di-rec-teur-re ! »

A peine sortis de table, maman nous fait tous descendre au garage pour farter les skis, graisser les attaches et cirer les chaussures. Le moniteur nous montre comment on fait, très imbu de l'importance de sa mission. Après ça, maman remplace la sieste par une longue séance de courrier aux parents. On dirait qu'elle a décidé que cette journée serait un cauchemar pour son fils.

Les filles aiment faire leur courrier, c'est connu. Ce qu'elles aiment surtout c'est coller l'enveloppe derrière et puis coller le timbre car c'est pour elles l'occasion unique de tirer la langue impunément. Si je peux me permettre de remarquer cette différence avec les garçons c'est que les filles ne savent pas cracher comme les garçons. Leur goût légendaire pour les activités épistolaires vient de là : elles ne crachent pas. Au fond, l'écriture les emmerde, c'est seulement l'aspect postal qui les contente et soulage leur hypersécrétion salivaire ; on a beau voir de la psychologie partout, la médecine sociale finit toujours par triompher.

Nous partons pour le ski et je peux enfin me rapprocher de Sylvie. Je mesure le poids de notre tristesse à l'intense consolation ressentie au contact de sa main : je respire à nouveau, je me redresse, tout se remet d'aplomb, la quille, le mât, je flotte comme avant, l'horizon sur les lèvres.

Ça ne dure pas, il y a toute la suite du complot dont le moniteur a maintenant sa part. Le moniteur vient me trouver devant le remonte-pente, il m'arrête juste au moment où j'allais partir avec Sylvie, à deux sur le tire-fesses.

Monsieur le moniteur a remarqué que je skiais très bien et, avec quelques leçons sérieuses, dit-il, je pourrais passer ma fléchette. Il croit savoir que ma mère serait tellement contente de me voir avec cette médaille. Il s'est laissé dire. Il suppute.

Quand les pédagogues vous font des compliments, c'est le signe, c'est fatal, ils veulent vous en demander plus, ils se préparent à vous réduire en saucisson de concours.

Alors voilà : cet après-midi il va s'occuper de moi, de moi tout seul. Pendant que les filles réviseront leur descente en chasse-neige, lui et moi nous irons faire des schuss sur la piste verte. C'est organisé comme ça, il n'y a même pas à discuter. L'ordre vient de très haut.

Ce n'est pas la peine de demander si Sylvie peut venir avec nous, ce n'est pas la peine mais je le demande quand même.

— Est-ce que Sylvie peut venir avec nous ?

Le moniteur ça le fige, il ne sait pas quoi répondre ; maman n'avait pas dû prévoir ça dans sa machination. Dans l'Éducation nationale il y a une hiérarchie, les profs de gym arrivent en dernier, ils ne décident jamais de rien. Et les moniteurs c'est pareil. Il faut qu'il aille trouver la maîtresse pour lui demander.

— Elle ne voudra pas, me dit Sylvie.

Sylvie doit croire que ma mère est la plus forte, je ne lui en veux pas. Je ne lui ai pas encore révélé mon secret au sujet de mon nom et du fabuleux courage qu'il me donne dès que je le chuchote. Elle ne sait pas que je peux lui décrocher la Lune. Peut-être qu'elle ne croit même pas à la magie.

Le moniteur revient en faisant signe que non : Sylvie doit rester avec les autres filles.

Je dois donc refuser. Sylvie s'éloigne. Je dois refuser de partir avec le moniteur. C'est une question d'honneur. Je regarde Sylvie rejoindre ses camarades. Marie-Camille qui l'entoure déjà à elle seule. Je les vois toutes les deux, comme avant, comme dans le temps. Je vois tout le travail de l'amour qu'il faudra reprendre à zéro.

Je ramasse mes skis, je les mets sur l'épaule et je suis le moniteur. Sylvain ! Sylvain Mocquère ! Qu'as-tu fait de ton courage ?

Le téléphérique à cabine nous dépose en haut de la piste verte. Nous chaussons nos skis dans le silence des neiges éternelles. Le moniteur s'approche de moi. Il vérifie mes attaches, et puis il se permet de tapoter ma jambe, comme pour juger ma musculature, comme on ferait à un animal, à un cheval avant de courir. A un moment il lève les yeux vers moi et me dit d'un ton grave : « Ta maman t'aime beaucoup, beaucoup, tu sais. »

Nous entamons la descente. C'est assez raide, il y a des arbres entre lesquels il faut slalomer, des vrais sapins multicentenaires et puis des bosses qui nous servent de tremplins.

Voilà maintenant les pentes plus rapides, il n'y a plus d'arbres, juste de la neige à moitié verglacée et une descente à donner le vertige. Je m'arrête pour voir, pour reprendre mon souffle, pour hésiter. Le moniteur vient se garer à côté de moi.

— T'as peur ? demande-t-il.

— Oui. J'ai peur.

Et aussitôt je fonce.

Le voilà mon courage. Mais j'en use avec mépris car c'est un courage physique, rien dans la tête, le courage des anciens lâches. A grands coups de bâtons dans la neige je prends tout de suite de la vitesse et puis je serre mes skis, je plie les jambes, je mets tout le poids de mon corps en avant, comme il m'a appris, et je ne sens déjà plus la neige, il n'y a que des cahots, j'ai l'impression de rebondir, d'une bosse à l'autre, mon corps secoué, et la vitesse en guise d'équilibre. Je pense à l'accident bien sûr, la fracture de la jambe, la civière, le lit d'hôpital, des images fulgurantes, des éclairs, et Sylvie, quinze éclairs pour Sylvie, Sylvie en larmes, Sylvie avec des fleurs, Sylvie avec *Tintin au Tibet*, Sylvie sur mon lit en train de tourner les pages, Sylvie qui écrit son nom sur le plâtre de ma jambe, Sylvie pour la vie, le plâtre en abat-jour pour le restant de ma lumière.

— Petit con ! hurle le moniteur en bas de la

descente. C'est pas un schuss, c'est un suicide ! Ne recommence jamais ça avec moi. Il y a une règle absolue ici : ne jamais perdre le contrôle. Si tu tombes à cette vitesse, tu peux te tuer. T'entends ? T'as compris ?

— Oui. C'est un schusside.

— Quoi ?

— Rien, rien.

— Fais pas le malin. Pense un peu à ta mère... Si t'étais tombé... Tu y penses à ta mère ?

Le reste de l'après-midi se passe en exercices au sol, gymnastique, tenue des bâtons, retournés, position ceci, position cela, et quelques slaloms, mais à toute petite vitesse, purement techniques. Le moniteur redevient gentil très vite. Il me parle de maman. Il la trouve formidable en tant que pédagogue car elle utilise des méthodes nouvelles qu'il aime beaucoup. On fait un léger slalom. Je skie de mieux en mieux. Il dit qu'elle est vraiment belle ma mère malgré son malheur. Et encore un slalom. A la fin il me demande si elle va se remarier bientôt. Je réponds non, sûrement pas. C'est d'accord entre nous : elle ne se remariera jamais. Je crois que c'était vraiment d'accord entre nous. Je ne sais plus. Combien de choses resteront d'accord entre nous ? Qu'est-ce qu'elles vont devenir toutes ces choses ?

La lumière baisse, la neige a pris ses teintes bleutées et ses reflets que je trouve tristes. Je me fous que ça fasse trois minutes de soleil en plus, quand est-ce qu'on rentre, j'en ai marre. J'ai froid et j'ai faim, je n'ai pas eu ma crêpe. Je veux retrouver Sylvie, chasser cette grosse truie de Marie-Camille. Je veux retrouver le chalet, être au chaud. Je veux que cette journée atroce se termine vite, vite avant qu'il arrive quelque chose de pire. Retrouver mon lit et me cacher jusqu'à demain.

Le moniteur se décide enfin à rentrer. Le paysage baigne dans une lumière plus désolante que jamais. On aperçoit la classe, en bas. Les filles. On dirait qu'il y a un attroupement de filles autour de la cabane du crêpier. Pourtant aucune fumée ne sort de sa petite cheminée, ce n'est plus l'heure des crêpes. En fait la cabane est fermée et on ne comprend pas bien ce que toutes les filles font autour. De loin elles paraissent comme des fourmis qui s'agitent sur un morceau de viande. Je commence à marcher vite, et en m'approchant j'entends distinctement la voix de ma mère qui demande le calme. L'évidence d'un drame me traverse l'esprit, me traverse comme un éclair, brûlant, laissant derrière lui des étincelles aveuglantes et douloureuses. Une panique. Maintenant je cours, même si dans la neige on ne peut pas courir, j'ai lâché mes skis et je cours. Mes pas s'enfoncent trop dans la neige, ça me mène au bout de mes forces en quelques secondes, ça me donne envie de crier. Mon corps crie, sachant la nature du drame avant que mon esprit devine. Je crie parce que je n'ai pas le temps de pleurer, et j'arrive comme ça à la cabane, en criant, en écoutant les autres. Je crie devant Sylvie couchée dans la neige. Je crie encore plus fort en voyant sa jambe pliée à l'envers, sa jambe pliée dans le mauvais sens à hauteur du genou.

Maman est à côté d'elle, elle interdit aux autres filles de la toucher. Elle-même ne la touche pas. Elle n'ose pas de peur de lui faire encore plus mal.

Sylvie ressemble à la douleur même. Son corps n'est plus que ça, agité par ça, tordu par ça, le visage mouillé par ça.

— Calme-toi, me crie maman. Arrête cette crise idiote.

Elle fait mine de me gifler. Je m'écarte. Quelle importance ? Il n'y a que deux choses qui m'occupent, deux remords ; d'abord d'être parti seul avec le moniteur, ensuite de ne pas avoir skié encore plus vite pour me casser vraiment la gueule. Maintenant je suis en enfer. Ces deux remords se partagent mon âme à coups de fourche et de tison.

Je vomis. Tout le déjeuner du directeur y

passe et tant mieux pour ça. Quelques filles sensibles vomissent à ma suite.

Maman me lave la bouche dans la neige.

Deux infirmiers arrivent enfin avec leur brancard. Ils se penchent sur Sylvie et lui demandent comment ça va. Elle dit qu'elle n'a plus mal. Il faut comprendre qu'elle a encore plus mal mais que tous les stades de la douleur sont dépassés et qu'elle ne s'en rend même plus compte. De toute façon, ces nouilles de brancardiers n'ont même pas le droit de lui faire une piqûre pour l'endormir. C'est le sujet d'une très vive altercation entre maman et eux. Ça ne change rien, ils l'emmènent comme ça. A pied d'abord jusqu'au bas du chemin, et puis dans l'ambulance.

A chaque virage les douleurs de Sylvie se réveillent et la font crier. On l'entend crier jusqu'en bas, au fond de la vallée. Je l'entends toute la nuit. Chaque fois que je me tourne dans mon lit Sylvie pousse une salve de cris atroces.

Le matin je n'ai plus de courage. Je n'en veux plus. Je ne veux plus avoir le courage de me lever et de m'asperger d'eau froide. Je veux rester au lit et commencer ma déchéance. Personne ne pourra m'en faire sortir, je m'accrocherai au bois du lit, je crierai, il faudra m'écarteler et je ne céderai pas. J'aurai l'ultime courage de n'avoir plus le courage de rien. L'idée de courage se mord la queue. Je ne sais plus quoi faire. En avoir ou pas. S'il existe plusieurs courages, lequel dois-je choisir ? Mes pensées étaient plus simples, avant. Il y avait un courage unique et universel.

— Debout, dit maman.

Et je me lève. Je me lave à l'eau tiède, je descends manger, je fais la dictée, j'ai encore 10 en calcul, je fais tout comme avant. Je peux vivre sans elle. Comme certains oiseaux malades, ils peuvent vivre sans ailes, mais c'est triste à voir.

Je me fais raconter l'accident par les filles qui ne se font pas prier. Marie-Camille est la plus pathétique. Elle imite les cris de Sylvie, elle se roule par terre pour m'expliquer point par point la jambe broyée. Pour mieux décrire le bruit de la fracture Marie-Camille casse son crayon noir entre ses doigts. Une fille est témoin que ça n'a pas fait ce bruit-là, on n'a rien entendu. Une autre fille dit que Marie-Camille était à l'autre bout de la piste quand c'est arrivé. Elle dit qu'elle invente tout. Marie-Camille se met encore à pleurer, crachant sur les autres ses sanglots morveux. « C'est moi la meilleure amie de Sylvie Verdier ! Et maintenant je suis toute seule... »

Je n'arrive pas à comprendre comment Sylvie a pu s'acopiner avec une fille aussi humide.

Le dimanche matin, maman s'occupe de la messe. Il y a le curé qui vient exprès, et un pasteur... Mais depuis que Sylvie est à l'hôpital il ne reste qu'une protestante dans la classe. J'aime les protestants. Maman m'avait déjà un peu expliqué la différence entre les catholiques corrompus et les protestants beaucoup plus purs. Sylvie dit que les protestants cherchent la vérité de l'Évangile. Ça ne m'étonne pas d'eux, je les aime vraiment. Ce n'est pas ma faute si je ne crois pas en Dieu. Dieu je ne l'aime pas beaucoup à cause de ce qu'il a fait à mon père. Mais les protestants je les aime.

La messe des athées se fait au lit. Maman m'a laissé dormir jusqu'à neuf heures, elle m'a apporté le thé au lit en disant que je pouvais rester encore si je voulais.

— Il faut que tu finisses les *Aventures d'Huckleberry Finn*, a-t-elle dit en sortant. L'air de rien quoi, pour que je ne fréquente plus ce petit Amerloque dévergondé.

Je mets des miettes dans mon lit, alors je change de lit. Je vais respirer les draps de maman, son oreiller. Je me recroqueville dedans jusqu'à étouffer.

Après ça, je m'ennuie. Je n'ai pas envie de lire Huckleberry Finn, si je le finis il faudra après que j'écrive le résumé dans mon « Journal de mes lectures » que maman m'oblige à tenir. C'est une chose avec laquelle je ne suis plus tellement d'accord. Je préfère fouiller dans ses affaires, là, ouvrir le tiroir de sa table de nuit. Là, je ne m'ennuie plus. Il y a sa vieille montre qui retarde, des stylos à bille, des médicaments, des pièces de monnaie que je pourrais voler car je pense sérieusement me changer en mauvais garçon, j'ai entendu dire cette expression : « Je vais m'installer à mon compte », c'est ça que je veux faire. Il y a des photos de mon père, tout une bande de photomatons qui datent peut-être de son armée. Il y a un échantillon de parfum, je m'en mets un peu sur le dos de la main, c'est comme ça qu'on fait. Il y a des pastilles pour la gorge et une bobine de fil plantée d'une aiguille sur laquelle bien sûr je me pique. Ça saigne. J'aspire le sang. Furieux, je défais complètement le tiroir et je le retourne sur le lit.

Les lettres étaient cachées sous la feuille de papier qui tapissait le fond du tiroir, maintenant je les vois. Pendant un court moment je regrette de les avoir trouvées, et puis je suis curieux et les regrets s'en vont.

Ce sont des lettres que maman a reçues ici

directement. Une écriture très appliquée, à la plume :

Madame Mocquère,
Chalet des Hauts Morands
Abondance

On dirait que je ne suis plus très sage comme petit garçon. Je sens quelque chose de grave, je me vois en train d'ouvrir ces lettres et de commencer à les lire.

C'est le moniteur qui écrit à maman ; au début j'ai envie de le tuer à cause de la quantité de feuilles que contiennent ces lettres, et puis en les lisant je me rends compte qu'elles sont toutes pareilles : vos yeux, madame ; votre grâce, madame ; votre voix douce ; et à longueur de phrase, ça devient lassant, ce type écrit mal, et puis maman n'est pas belle comme il le dit, je trouve qu'il n'a rien compris à sa beauté ni au reste. Si j'écrivais à maman ça serait cent fois mieux. Chaque lettre différente. Plus tard je serai un grand écrivain rien que pour faire honte à ce trou du cul de moniteur.

Il signe ses lettres par un Y. Presque anonymes. Au bout de trois ou quatre j'arrête de les lire, je vais pour les ranger dans le tiroir quand je remarque une lettre dont l'écriture est différente. Ça vient de Paris, c'est oblitéré dans le XIVe arrondissement, rue d'Alésia, près de chez nous. C'est une lettre de madame Fleury. Fleury comme Marie-Camille Fleury. C'est donc la mère de la grosse idiote qui a écrit à maman.

Ça ne me suffit pas d'être un mauvais garçon, maintenant je fais de l'espionnage. Je me suis fait embaucher par les services secrets qui ne prennent que des garçons un peu douteux, souvent d'anciens taulards, des garçons sans scrupules mais courageux, des garçons dans mon genre.

Chère Madame Mocquère,

C'est sous l'effet de la stupeur que je m'adresse à vous. Je suis également consternée par ce que je viens d'apprendre, si cela est la réalité, car je suis prise de doute... bref, ma confusion est totale, et je préfère vous envoyer la photocopie de la lettre que je viens de recevoir de Camille. Vous voudrez bien, chère madame Mocquère, me répondre au plus vite et me donner les explications qui, je crois, s'imposent. Dans l'attente, veuillez croire en l'expression de mon complet désarroi.

La lettre de Camille à sa mère fait deux pages. C'est long. La photocopie est de mauvaise qualité et les fioritures du papier à lettre de la grosse gourmande ne ressemblent plus à rien, il y a des traces noires, le papier est lourd et il porte une odeur spéciale.

Maman chérie,

Je ne peux plus te cacher les faits très graves qui se déroulent ici. Comme tu le sais, madame Mocquère est venue en classe de neige avec son fils, et c'est un garçon vraiment assez méchant. Je suis très déçue qu'une formidable maîtresse comme madame Mocquère ait fait un garçon aussi vicieux. Au début il était timide, ça ne se voyait pas. Mais le lendemain de notre arrivée il s'est approché de Sylvie. Sylvie est ma meilleure amie à la vie à la mort et c'est pour elle que je suis inquiète. Faut-il prévenir ses parents ? Tu le décideras quand je t'aurai raconté les faits très graves. Il (le fils de la maîtresse) a commencé à offrir à Sylvie sa part de fromage, car ici le fromage est très bon. Après il a commencé les caresses. On dirait que ce garçon est obsédé par les cheveux. J'espère que tous les garçons ne sont pas comme celui-là. Les cheveux, les cheveux, les cheveux. Pendant la classe même, il prend les cheveux de Sylvie et s'enroule les mains dedans. A mon avis, Sylvie ne sait pas que c'est un péché grave. Elle est protestante, bon, il faut respecter les convictions religieuses de chacun, mais Sylvie est hypnotisée par le fils de la maîtresse, je suis certaine qu'il a des espèces de pouvoirs magiques. Je voudrais faire quelque chose pour les séparer pour le bien de Sylvie mais on va dire après que je suis jalouse, toute la classe est de leur côté, hier elles m'ont fait une blague méchante avec une crêpe au chocolat. Je ne suis pas jalouse du tout. Ça me dégoûterait de faire ce qu'ils font : ils s'embrassent tout le temps, même sur la bouche, ils se rentrent la langue dans la bouche. C'est lui surtout qui le fait. Sylvie accepte parce qu'elle est hypnotisée. Le soir il va la voir dans son lit, il raconte des histoires, il fait le malin, il nous empêche de faire nos devoirs. Il y a des filles qui rêvent de lui, maintenant. Il m'a forcée à distribuer mes bonbons à toutes les filles de la classe qui ne se sont pas gênées du tout : il ne m'en reste plus un seul, les fourrés sont partis les premiers. Ce n'est pas la peine que tu m'envoies une autre boîte car je crois qu'elle serait dévorée aussi. Envoie-moi plutôt un peu d'argent pour que je puisse m'acheter des bonbons au jour le jour. Ici il y a du très bon chocolat blanc mais c'est un peu cher. Nous irons bientôt en Suisse pour une excursion, j'espère qu'il me restera assez d'argent pour acheter le coucou que je t'ai promis et l'Opinel pour papa. Crois-tu qu'il faut parler de toute cette histoire qui se passe ici à papa ? Et si tu prévenais le directeur de l'école ? Ou alors un inspecteur de l'Académie. Mais fais quelque chose car je suis très malheureuse, et je suis inquiète pour Sylvie qui restera toujours ma meilleure amie. J'ai hâte que ce mois de classe de neige se termine. Je n'aime pas beaucoup le ski comme sport. On nous force à en faire et j'ai peur de me casser une jambe. Je serai très contente de rentrer à la maison. Je vous embrasse tous les deux, toi et papa.

Marie-Camille.

J'ai envie de l'éclater comme une méduse à coups de bâton. L'écrabouiller. Je l'imagine en train de gicler comme un bonbon fourré quand je marche dessus. J'ai envie d'y aller. La tuer. Elle, le moniteur, je ferai une tuerie générale.

Bien sûr que je ne le ferai pas. Je replie la lettre comme c'était et je range l'enveloppe avec les autres sous la feuille de papier au fond du tiroir.

Après l'envie de tuer je suis triste. La tristesse est une fatigue qui vient après la haine. Au départ il n'y a rien d'autre que cette fatigue, les raisons d'être triste viennent s'incruster après, dans le ventre, dans le cœur, et alors il y en a mille des raisons, elles se bousculent au portillon, les bonnes, les mauvaises, les vraies, les fausses, et ça s'emmêle, ça se combine, on n'en sort plus.

Je replace le tiroir avec toutes ses affaires dedans et je continue ma fouille, ailleurs, dans son cartable, comme si ce n'était pas assez, comme si je cherchais d'autres lettres, je ne sais pas. Une lettre pire que les autres, quelque chose qui me fasse toucher le fond de ma tristesse. Ou alors une lettre qui me serait adressée à moi. Elle aurait pu m'écrire ayant deviné que je viendrais fouiller dans son cartable et elle m'aurait laissé un mot.

Je trouve seulement le carnet de note de la classe. Elle marque là-dessus les absences de ses élèves et les notes avec les classements de chacune pour chaque matière, et le classement général pour chaque mois. Je regarde à Sylvie Verdier. Je trouve ça beau une bonne élève, troisième, quatrième, deuxième, c'est pas comme moi qui suis toujours premier obligatoire, sans effort, sans surprise, sans mérite.

Sur la page du mois de février je trouve mon nom. Sylvain Mocquère, rajouté au crayon noir qu'elle pourra effacer d'un coup de gomme. Je lis et je relis mon nom, c'est presque sa voix à elle qui me chuchote. Je ferme les yeux pour qu'elle soit là, tout près de mon oreille, que je sente sa voix dans mon cou. Sylvain Mocquère.

C'est elle qui serait venue pour me redonner du courage.

Alors ça y est ma décision est prise. Je sais où ma mère planque son fric, il faut parler comme ça si on veut être un vrai voyou. Elle planque son pognon dans l'armoire. Je prends deux gros billets.

Je sors par l'escalier d'incendie. J'ai mis mon gros pull car je risque de marcher à travers les bois pour ne pas me faire repérer. Il faudra peut-être que je traverse des rivières.

Tom Sawyer l'a fait avant moi, et d'autres avant lui qui ne l'avaient pas inventé non plus : j'ai mis un traversin dans mon lit pour faire croire que je dormais encore.

Il y a un soleil terrible. La neige me fait mal aux yeux. L'air est vif. Je marche le long de la route glacée. Ça descend, c'est facile, j'ai l'impression de faire des pas de géant.

Abondance n'est pas loin, j'y suis vers dix heures. Je croise des gens qui sortent de la messe. Si quelque bigote me pose une question je dis que je vais voir ma grand-mère à Évian. Sylvie en grand-mère, ça me fait un peu rire.

C'est très difficile quand on ne l'a jamais fait, prendre le car, savoir les horaires, descendre au bon arrêt, mais quand on l'a fait une fois ça paraît ultrafastoche. On a envie de le refaire.

— Un billet pour Évian, s'il vous plaît, monsieur.

Les gens dans le car me regardent mais ils n'ont rien le droit de dire. Je trouve une place près de la fenêtre. Je reste collé pendant tout le voyage. C'est beau. C'est archibeau. Toute cette neige qui est tombée cette nuit et ces montagnes autour qui défilent devant le soleil c'est beau comme monsieur Bach, quand il fait des fugues.

— Pardon, monsieur l'agent, l'hôpital des blessés du ski, s'il vous plaît, c'est par où ?

Dans ma tête je me dis sale flic car je suis maintenant un voyou mal poli mais le policier n'en sait rien. Je ne suis pas encore fiché avec ma photo dans les commissariats. S'il savait en m'indiquant si gentiment le chemin de l'hôpital, s'il savait qu'il touche l'épaule du futur ennemi public numéro un...

Les visites commencent à quatorze heures. Elles sont interdites aux enfants non accompagnés.

— Madame ! Madame !

— Oui mon petit, qu'est-ce qu'il y a ?

— Je me suis perdu, madame. C'est ma sœur qui s'est cassé la jambe et moi je suis parti faire pipi et je me suis perdu. Elle s'appelle Sylvie

Verdier. Vous n'avez qu'à regarder dans votre registre et me dire quel étage et tout ça et je pourrai retrouver papa et maman...

Les grandes personnes sont comme les critiques de cinéma : il vaut mieux leur expliquer tout de suite ce qu'on a voulu faire.

Je prends l'ascenseur et je me retrouve dans la salle commune. C'est un scandale, il y a des vieillards qui meurent, des enfants mélangés avec des grandes personnes, en tout plus de trente malades avec des grappes de famille accrochées au pied de certains lits, des visiteurs du dimanche chargés de fleurs, de bébés, de sourires pitoyables. En passant dans l'allée je n'entends que des « Ça va, alors ? Ça va mieux ? Ça va aller, hein ? Comment ça va maintenant ? Ça va ? Et toi alors comment ça va ? » Et puis après je ne les entends plus, je ne les sens plus, je ne les vois plus... Sylvie est là. Elle dort. Et moi je la regarde.

Elle s'est endormie avec Tintin, (elle est la seule femme de sa vie). Je retire doucement l'album sans la réveiller. Elle a des mèches de cheveux en travers du visage, collés par un peu de fièvre peut-être, je les écarte avec précaution. Maintenant elle est tout à fait belle. Elle a le sommeil triste car elle ne sait pas encore que je suis là. Cette tristesse-là n'enlève rien à sa beauté.

Je passe un certain temps à la regarder dormir. Je consulte sa carte de température accrochée au pied de son lit. Plus tard je serai médecin. Un médecin rayé de l'Ordre, dès le départ.

Une horrible sonnerie signale la fin des visites. Sylvie continue de dormir. Cette sonnerie à réveiller les morts prouve que Sylvie est bien en vie. Je sors. Je fais comme les autres. L'idée ne me vient pas tout de suite. J'obéis à la sonnerie, l'esprit vide, je suis le troupeau. L'idée me vient en voyant le panneau « Toilettes ». Je rentre là-dedans. C'est immense à faire peur. C'est rempli de trucs bizarroïdes pour s'accrocher au-dessus de la cuvette, des cabinets spéciaux pour tel ou tel handicap. Je déteste ça. Je préfère me cacher dans un chiotte normal, avec une vraie cuvette pour s'asseoir confortablement, car j'ai prévu d'y rester un certain temps. Je m'installe. Si j'avais su j'aurais pris l'album de Tintin pour le lire, mais ici je ne m'ennuie pas. Attendre ce n'est pas s'ennuyer ; ça fait partie du métier. Et puis il se passe plein de choses ici, les bruits habituels qu'on imagine mais pas que ça. Il y en a qui arrivent en chantant. Des vieux qui parlent tout seuls, qui râlent contre leur système digestif. Les vieux sont les plus distrayants ; c'est chaque fois une aventure pour eux de venir ici, un exploit dont ils sortent généralement très épuisés, traînant les pieds. Bruits de semelles de charentaises sur le carrelage. Bruits de crachats dans les mouchoirs vite glissés dans la manche de la robe de chambre.

La nuit arrive. Je suis là depuis plusieurs heures, je ne sais pas exactement. L'hôpital semble parfaitement silencieux. Je sors de ma planque sans tirer la chasse d'eau.

La veilleuse donne une lumière bleue dans le couloir. C'est assez sinistre et je frissonne un peu pendant toute la traversée.

Les malades dorment, soigneusement gavés par les infirmières. Ils respirent, chacun à son rythme. Comme des bulles sur le lac d'un cratère, il s'échappe de leurs ombres une rumeur menaçante. Je marche bien au centre de l'allée de crainte de me faire éclabousser par des irruptions de pus ou d'autres choses.

J'arrive au pied du lit de Sylvie. Je la réveille en soufflant doucement sur son visage. Elle ouvre les yeux et me voit, aussitôt je pose mon doigt sur ses lèvres pour qu'elle ne dise rien. Elle referme les yeux comme si je venais de la soulager d'un sommeil trop pénible, et elle sourit. Ce sourire qu'elle a, j'en frissonne jusqu'au ciel.

— Je viens dormir avec toi.

Elle écarte le drap pour me laisser entrer. Je vois alors son plâtre au genou.

— Ça te fait mal ?

— Presque plus.

— Je peux le toucher ?

— Oui.

Je caresse le plâtre. J'aimerais en avoir un. Je trouve ça beau et très héroïque.

Je me déshabille et j'entre dans son lit.

D'abord on ne se touche pas. On se respire dans le cou. On se chuchote des mots. Des mots qu'on ne connaissait pas avant de les dire, des mots qu'on trouve sans les chercher, des mots qui parlent de nous et qui nous aident à savoir ce qu'on ressent. Je crois qu'il faut des mots en amour sinon on est perdu.

— Je voudrais toucher ta main.

— Oui.

— Je voudrais toucher tes cheveux.

— Oui.

Des fois c'est elle qui me demande, et c'est à mon tour de dire oui, un souffle infime qui s'échappe de ma gorge déployée. Même les anges ne l'entendent pas.

Et puis, à force de s'autoriser le corps morceau par morceau, on se retrouve l'un contre l'autre, tout entier. Je la serre et je n'ose pas, mes bras sont trop faibles, je l'embrasse et mes lèvres ne savent pas, elles ne connaissent ni les mots ni les baisers... C'est à cause de ça que je pleure, je l'aime trop par rapport à ce que je sais faire. Je suis trop précoce et ignorant. Elle retire sa chemise de nuit. Moi aussi maintenant je suis tout nu.

C'est la première fois que notre peau... c'est la première fois que nos épaules, nos mains, notre ventre, c'est la première fois que le corps existe. Ça y est, il existe, je ne pleure plus, mais après ça qu'est-ce qu'il y a ? Qu'est-ce qu'il faut faire ?

Je prends sa bouche. Elle se laisse faire. Je prends le goût de sa salive. Je ne savais pas que c'était si beau à l'intérieur de sa bouche, et elle aussi elle me visite. Elle pleure, c'est son tour, et moi je la console, je bois ses larmes, car je sais que ce sont des larmes d'amour et qu'il ne faut pas les perdre, je caresse ses cheveux. Après il n'y a plus rien, nous sommes au bout de nos forces. Le sommeil est la seule chose que nous pouvons encore accomplir, c'est notre plus beau sommeil, l'un contre l'autre, évanouis sous l'effort de caresses minuscules.

Il y a maman qui se mord l'intérieur de la joue. Il y a la mère de Sylvie à côté du directeur de l'hôpital. Et il y a le père de Sylvie. Je sais que je ne peux pas lutter contre lui. Dès que j'ouvre les yeux je sais que ce n'est pas la peine d'essayer. Et puis je ne veux pas. Il est grand, un peu maigre. Il a une voix grave et pourtant quand il parle c'est doux. Son regard contient toute sa force. Cette force contre laquelle je ne peux rien, et contre laquelle je ne veux rien faire. Il prend Sylvie dans ses bras et ça me donne envie de pleurer tellement il la prend doucement, tellement il peut le faire doucement avec sa force. Je voudrais qu'il me prenne dans ses bras, pareil. Qu'il me soulève si facilement. Y a-t-il une place pour moi dans ses bras ? Non. Il se tourne. Il parle avec maman. La tête de Sylvie est posée sur son épaule, abandonnée. Elle est belle Sylvie, là-haut. Elle est heureuse, elle est au chaud. Elle vibre dans la voix grave de son père.

Ils parlent tous les cinq un petit moment. Ils vont partir, Sylvie, son père, sa mère. La mère de Sylvie je ne la vois pas. Je crois qu'elle ne m'aime pas du tout. Elle trouve que je suis un garçon dégoûtant. Oui c'est ça, elle fait une grimace de dégoûtée chaque fois qu'il s'agit de moi.

Le père de Sylvie se tourne vers moi, toujours avec Sylvie dans ses bras, la tête sur son épaule. Il la tient d'un seul bras ! C'est incroyable. Il s'approche de moi, il se penche... pendant une fraction de seconde j'ai très peur qu'il me gifle. Et puis pas du tout, c'est le contraire, il me caresse la tête, il me frictionne les cheveux. Toute sa force je la sens là, dans mes cheveux. Sa force. Alors je pleure.

Ils s'en vont, c'est fini. Alors que plus personne ne s'approche de moi. Jamais ! Je ne veux plus qu'on me touche.

Je finirai mon enfance auprès de ma mère puisqu'il le faut mais plus jamais je ne veux avoir à faire à ses bras, à son cou, ni à ses draps.

J'ai dix ans. Je vais compter à rebours les années qui me séparent de mon prochain amour, celui que je pourrais serrer de toutes mes forces. Toute ces forces qui me manquent.

BIOGRAPHIE

L'auteur : Chris Donner est né en 1956 à Paris. Il est cinéaste et écrivain et a déjà publié deux romans : *Petit Joseph* et *M'en fous la mort.* Il écrit avec un sens du risque, une espèce d'hypersensibilité aux gens et à l'injustice.
Il a un air rêveur, un sens de l'humour enviable, et un style limpide.

Achevé d'imprimer
le 27 Août 1987
sur les presses de
l'Imprimerie Hérissey
à Évreux (Eure)

N° d'imprimeur : 43395
Dépôt légal : Août 1987
1er dépôt légal dans la même collection : Mai 1987
ISBN 2-07-056331-6

Imprimé en France

41649